Analyse d'œuvre

Rédigé par Nicolas Stetenfeld

Sous la direction de Niels Thorez

Stupeur et Tremblements

d'Amélie Nothomb

Profil Littéraire

AMÉLIE NOTHOMB

- Née (officiellement) en 1966 à Etterbeek (Belgique) ; née (officieusement) en 1967 à Kobe (Japon)
- **Quelques-unes de ses œuvres :**
  - *Hygiène de l'assassin* (roman, 1992)
  - *Métaphysique des tubes* (roman, 2000)
  - *Riquet à la houppe* (roman, 2016)

D'une enfance marquée par les déchirements successifs qu'engendrent les nombreux déménagements de sa famille, Amélie Nothomb garde un attachement viscéral à la langue et à la littérature. Enfant, elle considérait déjà celles-ci comme les seuls éléments qu'elle pouvait emporter avec elle, lorsqu'à chaque nouvelle nomination de son père diplomate, tous ses repères devaient être abandonnés.

Il n'est donc pas étonnant que l'écriture constitue aujourd'hui encore le cœur de son existence, et que l'auteur se dise victime de « graphomanie » – manie de l'écriture. Une saine maladie qui la pousse à s'astreindre depuis ses 17 ans à un rituel de rédaction strict mais fécond, puisqu'elle publie, depuis maintenant près de 25 ans, un roman par année.

Pourtant, il est difficile de voir une véritable évolution dans son œuvre. Cette remarque n'a rien d'une critique. C'est dire seulement que, dès le premier roman publié chez Albin Michel (*Hygiène de l'assassin* en 1992) tous les thèmes chers à l'auteur sont déjà présents : le rapport souvent difficile à l'autre, l'intérêt pour le langage et la communication, la fascination pour la monstruosité, qu'elle soit morale ou physique, etc.

Le style de Nothomb y est également déjà affirmé : sa plume est nerveuse, rapide, ironique et cinglante, mais, surtout, parfaitement maîtrisée.

En fait, Amélie Nothomb a atteint sa maturité d'écrivaine dès sa première publication et, comme tous les grands auteurs, elle est la victime consentante de ses propres obsessions. Ses romans se ressemblent, c'est un fait, mais ils se ressemblent à l'image d'une fratrie qui partagerait d'inévitables traits communs. Ils sont tous le fruit d'une même mère, qui y injecte son ADN.

La « recette » de Nothomb est indéniablement singulière et, par là même, reconnaissable entre toutes.

STUPEUR ET TREMBLEMENTS

- **Genre :** roman
- **1re édition :** 1999
- **Édition de référence :** NOTHOMB (Amélie), *Stupeur et Tremblements*, Paris, Albin Michel, 1999, 180 p.
- **Personnages principaux :**
  - Amélie, narratrice et personnage principal du roman, jeune diplômée, revient dans le pays de son enfance pour accomplir son rêve de travailler dans une grande entreprise japonaise ;
  - Fubuki Mori, supérieure hiérarchique directe d'Amélie, occupe un poste de cadre dans l'entreprise, poste pour lequel elle a dû consentir à de nombreux sacrifices.
- **Thématiques principales :** l'autobiographie, le choc des cultures, l'aliénation, le monde de l'entreprise, l'ostracisme, la femme, les conventions, etc.

C'est peu dire que le Japon occupe chez Amélie Nothomb une place particulière. Sa fascination pour le pays de sa petite enfance est aujourd'hui bien connue.

Pourtant, il faut attendre *Stupeur et Tremblements*, son huitième roman, paru en 1999, pour qu'il fasse une véritable incursion dans son œuvre. Il réapparaît ensuite dans de nombreux autres textes, surtout ceux à caractère biographique, comme *Métaphysique des tubes*, *Ni d'Ève ni d'Adam* (2007) ou encore *La Nostalgie heureuse* (2013).

Stupeur et Tremblements, en bon représentant du style nothombien, développe les thèmes chers à l'auteur. Le roman raconte l'expérience de la jeune Amélie dans une entreprise japonaise. Récit biographique d'une expérience traumatisante, d'un affrontement entre deux cultures à ce point opposées qu'elles semblent parfaitement inconciliables, il constitue malgré tout un texte très drôle.

C'est d'ailleurs certainement ce rire jeté au visage de l'adversité, ce décalage face à l'horreur, qui explique l'immense succès critique et public qu'a connu et connaît toujours le roman. Il constitue l'une des plus belles réussites d'Amélie Nothomb, récompensée par le Grand Prix du roman de l'Académie française.

LA VIE D'AMÉLIE NOTHOMB

Amélie Nothomb durant une séance de dédicace lors de l'édition 2010 de la Foire du Livre de Bruxelles.

À bien des égards, Amélie Nothomb est un personnage paradoxal. Malgré la couverture médiatique importante et régulière dont elle fait l'objet depuis plus de 20 ans, malgré les nombreux romans autobiographiques dont, précise-t-elle régulièrement, les événements lui sont arrivés « à cent pour cent » (interview réalisée par Josiane Grinfas dans NOTHOMB (Amélie), *Stupeur et Tremblements*, Paris, Éditions Magnard, 2007, p. 166) et malgré les innombrables travaux et études dont elle fait l'objet, la vie de l'auteure conserve de nombreuses zones d'ombre.

Alors qu'elle semble se dévoiler à longueur de temps, si bien que même ses romans fictionnels nous paraissent encore parler avant tout d'elle, on sait peu de choses sur sa vie et sur son quotidien. Comme de nombreux auteurs, Amélie Nothomb est une personne aussi discrète que secrète. Pourtant, plutôt que de choisir le silence, elle inonde le monde de paroles, romance sa vie et jette ainsi un voile discursif sur son intimité.

Au fond, qu'importe de dissocier le vrai du faux ? Amélie Nothomb se réinvente sans cesse, mêlant à merveille fiction et réalité, si bien que l'auteur finit par se confondre avec son œuvre. Or, chez un artiste, quoi de plus important que l'œuvre ? C'est en tout cas principalement sur celle-ci que nous avons choisi de nous appuyer ici.

LA PETITE ENFANCE ET L'EXPÉRIENCE JAPONAISE

Si l'on en croit un document officiel tel que l'*État présent de la noblesse*, sorte d'annuaire réservé aux nobles de Belgique, Amélie Nothomb est née Fabienne Claire Nothomb, le 9 juillet 1966 à Etterbeek (commune de Bruxelles), et non en 1967 à Kobe (Japon), comme elle l'affirme. Elle est en effet issue d'une grande famille aristocratique belge, et son père, Patrick Nothomb (né en 1936), est diplomate. Ce travail le pousse, avec son épouse, Danièle Nothomb (née Scheyven), et ses trois enfants, André (né en 1962), Juliette (auteure et chroniqueuse, née en 1963) et Amélie (le prénom sous lequel elle est connue de tous), à vivre et voyager dans le monde entier.

Ces expériences à l'étranger vont marquer durablement la jeune Amélie. Elle passe ainsi les cinq premières années de sa vie au Japon. Des années qui constituent la matière première de son roman

Métaphysique des tubes. Bébé apathique, la toute jeune Amélie présente à la fois des symptômes d'autisme et d'anorexie (AMANIEUX (Laureline), *Amélie Nothomb, l'éternelle affamée*, Paris, Albin Michel, 2005, p. 16). Dans son roman, elle se compare d'ailleurs elle-même à un « tube » dont la seule activité relève de la digestion.

Aussi estime-t-elle que sa véritable naissance a seulement eu lieu à 2 ans et demi, à l'occasion d'une rencontre avec sa grand-mère qui, en lui faisant goûter un morceau de chocolat blanc, l'a ouverte au plaisir et au monde. Amélie vit alors la plus belle période de sa vie car, jusqu'à 3 ans, l'enfant japonais est considéré comme un dieu.

Au-delà de cet âge, c'est l'entrée à l'école maternelle et la sortie de l'état de grâce... Un événement que la toute jeune Amélie ne semble pouvoir supporter, puisqu'à l'occasion d'un passage auprès du bassin de carpes de la maison familiale, l'enfant se jette à l'eau dans l'espoir conscient de s'y noyer. Cette tentative de suicide, évitée *in extremis* par l'arrivée de la gouvernante, est considérée par l'auteure comme une « aventure fondatrice » (NOTHOMB (Amélie), *Métaphysique des tubes*, Paris, Albin Michel, 2000, p. 171) qui lui apporte une certaine forme d'indifférence face à la vie.

LES DÉMÉNAGEMENTS ET L'ADOLESCENCE

Au détour d'une nouvelle nomination, Patrick Nothomb quitte le Japon avec sa famille pour s'installer en Chine. Un départ qu'Amélie vit comme un véritable arrachement. Son expérience chinoise est dès lors bien différente. Elle en rend compte dans son deuxième roman publié : *Le Sabotage amoureux* (1993).

Recluse dans le quartier des ambassades, qu'elle nomme le « ghetto », Amélie ne connaît finalement pas grand-chose d'une Chine alors en proie aux mutations qu'entraîne la Révolution culturelle (1966-1976) déclenchée par Mao Zedong (homme politique chinois, 1893-1976). Seule constante dans ce pays proche mais inaccessible : son incroyable laideur. La jeune Amélie va tout de même y passer quatre années, entre ses 5 et 8 ans.

La situation politique très délicate du pays occupe à plein temps les parents de la jeune fille, si bien qu'elle et les autres enfants de diplomates se retrouvent « libres et sans surveillance » (NOTHOMB (Amélie), *Le Sabotage amoureux*, Paris, Albin Michel, coll. « Le Livre de Poche », 1993, p. 14). Pour tuer le temps, ils vont jouer à la guerre. Amélie, montée sur son grand vélo qu'elle identifie à un cheval, prend le rôle d'éclaireur.

Mais c'est surtout lors de ce séjour que la jeune Amélie va faire pour la première fois l'expérience de l'amour, avec la part de douleur qu'il peut engendrer. Elle va en effet développer une fascination sans bornes pour Elena, petite fille italienne de 6 ans qui ne partage pas ses sentiments. Cruelle et réservée, elle se joue alors d'Amélie et la pousse au « sabotage » : souffrance et humiliation en résulteront.

Ce séjour chinois ne constitue encore une fois qu'une étape et, à partir de cette époque, la famille Nothomb déménage environ tous les trois ans. Amélie séjourne ainsi à New York, puis dans différents pays de l'Asie du Sud-Est. Chaque départ est vécu par elle comme une déréliction : perte de ses repères, des objets qui l'entourent, des personnes qu'elle fréquente, etc. Ce sentiment de pertes à répétition la pousse à développer un attachement viscéral à sa sœur aînée, Juliette, ainsi qu'à trouver refuge dans la lecture et dans la langue, seuls pays qu'elle peut continuer à habiter quel que soit l'endroit où elle vit.

Mais si l'on en croit son roman *Biographie de la faim* (2004), cette période de sa vie est également riche d'innombrables expériences hors du commun : petit génie au lycée français de New York, elle est l'objet de l'adoration d'une dizaine de petites filles qu'elle surnomme ses « favorites » (Nothomb (Amélie), *Biographie de la faim*, Paris, Albin Michel, 2004, p. 164) ; à 8 ans, elle découvre l'alcool et mène une vie clandestine faite de « débauches » (p. 166).

À 12 ans, au Bangladesh, elle est victime d'un viol collectif au cours d'une baignade dans la mer... Cet événement, associé aux premières affres de l'adolescence, est annonciateur d'une période épouvantable pour Amélie. Refusant de grandir et de quitter son corps d'enfant, elle s'engage dans une forme volontaire d'anorexie. Mais la faim n'est pas qu'alimentaire, elle est aussi intellectuelle. C'est une faim de livres, de savoirs, d'expériences. Si elle ne mange plus, elle dévore des livres par centaines, allant jusqu'à lire un dictionnaire tout entier.

LA BELGIQUE, UN RETOUR EN DEUX TEMPS

À 17 ans, Amélie revient en Belgique pour entamer des études universitaires. Elle rentre dans un pays qui, étant pourtant le sien, lui semble encore plus étranger que les autres.

Ce retour exacerbe encore un peu plus son sentiment d'isolement. Mise à l'écart par ses camarades, qui ne voient en elle qu'une excentrique, elle se plonge avec passion dans ses études de philologie romane à l'Université libre de Bruxelles.

Après la rédaction d'un mémoire consacré à l'œuvre de Georges Bernanos (écrivain français, 1888-1948), elle décide de retourner au Japon pour y devenir interprète.

Elle y vit deux ans, dont une année passée à travailler dans une grande multinationale japonaise. Un échec cuisant, relaté dans *Stupeur et Tremblements*, qui la pousse à revenir en Belgique pour se lancer dans l'écriture.

Son premier roman, *Hygiène de l'assassin*, est publié chez Albin Michel en 1992. À partir de là, sa vie semble être réglée comme du papier à musique : à chaque rentrée littéraire, Amélie Nothomb sort un nouveau livre. Si le succès est immédiat, la consécration arrive en 1999 grâce à son huitième roman, *Stupeur et Tremblements*, qui bat tous ses records de vente et pour lequel elle reçoit le Grand Prix du roman de l'Académie française. Cette réussite l'inscrit durablement dans le milieu très fermé des auteurs francophones à succès.

Aujourd'hui encore, Amélie Nothomb bénéficie d'un large public acquis à sa cause (elle fait partie des auteurs francophones les plus lus au monde). Néanmoins, la critique est quant à elle divisée et voit parfois en elle une « professionnelle [...] qui a plus scrupuleusement assimilé les règles du marché que celles d'écriture » (DE DECKER (Jacques), *La Brosse à relire. Littérature belge d'aujourd'hui*, Hannut, Éditions Luce Wilquin, 1999, p. 150).

Du fait de la régularité avec laquelle elle publie et de la brièveté de ses romans, elle est en effet régulièrement reléguée dans la catégorie des auteurs dits « commerciaux ». Une critique qui ne l'a pas empêchée d'être élue en 2015 à l'Académie royale de langue et de littérature françaises de Belgique, récompensant ainsi « l'importance de son œuvre, sa cohérence et son rayonnement international » (cité par VANTROYEN (Jean-Claude), « Pourquoi l'Académie a eu raison de recevoir Amélie Nothomb », in *lesoir.be*), comme l'a précisé le même Jacques De Decker (écrivain belge et secrétaire perpétuel de l'Académie, né en 1945), lors de son intronisation.

RÉSUMÉ DE *STUPEUR ET TREMBLEMENTS*

PREMIERS PAS DIFFICILES À YUMIMOTO

Le 8 janvier 1990, lorsque la jeune Amélie arrive pour la première fois au 44e étage de l'immeuble de la compagnie Yumimoto, « l'une des plus grandes compagnies de l'univers » (p. 15), elle réalise un rêve. Depuis son enfance, passée au pays du Soleil-Levant, Amélie ne souhaite qu'une chose : travailler dans une grande entreprise japonaise et intégrer cette société nipponne qui la fascine tant.

Un objectif qui se révèle bien vite inaccessible, Amélie enchaînant les impairs. Sa méconnaissance des codes très rigides qui régissent les relations professionnelles et interpersonnelles au Japon vont la mener à une « foudroyante chute sociale » (p. 123). Sa première faute est commise dès les premiers pas dans l'entreprise : elle oublie de se présenter à l'accueil, où il aurait convenu de signaler sa présence. Ce manquement est d'ailleurs souligné par son supérieur, M. Saito, venu à sa rencontre. C'est à l'occasion de cette première visite qu'Amélie prend connaissance de la structure hiérarchique qui pèse sur sa personne, elle qui n'est « la supérieure de personne » (p. 7).

Ainsi, chez Yumimoto, Amélie est aux ordres de Mlle Mori, elle-même aux ordres de M. Saito, dont le supérieur hiérarchique n'est autre que le vice-président de la section import-export de cette entreprise tentaculaire, M. Omochi. Au sommet, trône le président, M. Haneda, figure quasi-divine, retranchée derrière les portes closes de son bureau.

Enfin installée à son poste, juste en face de la magnifique Fubuki Mori, Amélie, faute de savoir exactement ce que l'on attend d'elle, consacre les nombreuses heures de ses journées à admirer sa supérieure, incarnation vivante de la « beauté nipponne » (p. 14). Car, mis à part les quelques cafés qu'elle apporte à heure fixe à M. Saito, la jeune interprète se retrouve immédiatement démunie de toute fonction. Personne ne semble réellement s'intéresser à ses compétences ni même à sa présence.

Amélie, sans occupation, prend donc quelques funestes initiatives. Alors qu'il lui est demandé de servir le café lors d'une réunion avec des partenaires commerciaux, Amélie, voyant là une occasion de prouver sa bonne volonté, applique à la lettre la politesse et la déférence d'usage au cours de la cérémonie du thé. Une politesse qui ne manque pas de provoquer la colère du vice-président, pour qui l'usage de la langue japonaise par un Occidental est un véritable affront, propre à ruiner les relations entre des entreprises amies. Sommée d'oublier sur le champ le japonais, l'interprète se sent plus que jamais inutile...

Et c'est pour remédier à ce sentiment qu'elle décide alors de distribuer tous les matins le courrier aux différents membres de l'entreprise, volant par là même, sans le vouloir, la tâche de l'employé chargé de cette mission. Après avoir été sèchement blâmée pour ce « grave crime d'initiative » (p. 28), Amélie ne renonce pas pour autant et s'autoproclame « avanceuse-tourneuse de calendriers » (p. 29). N'hésitant pas à se mettre en scène et à surjouer dans sa nouvelle fonction, elle provoque l'hilarité chez ses collègues. Une excentricité propre à pousser l'un de ses supérieurs, M. Saito, à la sermonner à nouveau.

Reléguée à la photocopieuse, elle est condamnée à imprimer une à une les milliers de pages qui lui sont confiées, sans pour autant atteindre l'inaccessible perfection attendue par son bourreau.

FUBUKI : ENTRE ADMIRATION ET MÉPRIS

C'est durant l'un de ses interminables exercices de photocopies qu'Amélie rencontre M. Tenshi, directeur de la section des produits laitiers. Celui-ci, connaissant ses origines, lui confie une étude de marché portant sur le beurre allégé d'une coopérative belge. Sautant sur l'occasion pour prouver sa valeur, Amélie rédige un rapport exemplaire en un temps record.

Ce moment de grâce est pourtant de bien courte durée car, quelques jours plus tard, elle et M. Tenshi sont convoqués dans le bureau du vice-président où leur individualisme est vertement critiqué. Amélie, voulant prendre la défense de celui qu'elle considère comme son « bienfaiteur » (p. 44), ne fait qu'aggraver la situation dans ce pays où il est tout à fait déplacé de répondre à son supérieur.

Mais la stupeur d'Amélie s'accroît encore lorsqu'elle apprend que c'est Fubuki elle-même qui est à l'origine de la dénonciation. À ce moment précis, Amélie comprend l'écart qui existe entre elle et sa supérieure. Fubuki ne supporte pas l'idée qu'une jeune femme arrivée bien après elle dans l'entreprise puisse si rapidement obtenir une promotion. Loin de lui rendre son admiration, Fubuki méprise Amélie et ne manque pas de le lui faire remarquer.

S'ensuit alors une longue descente aux enfers, pavée de chiffres et de nombres. Fubuki confie en effet à son employée différentes tâches laborieuses, mais *a priori* simples, de vérification et de rangement de factures. Une mission qu'Amélie se révèle pourtant totalement incapable de relever, tant elle multiplie les erreurs. Et si Fubuki estime dans un premier temps qu'Amélie tente ainsi de l'humilier, la Japonaise conclut rapidement qu'elle a affaire à une « handicapée mentale » (p. 70) – Amélie préférant quant à elle le diagnostic « d'anarythmétisme » (p. 83).

En vue d'achever sa mission dans les délais, Amélie se résout à passer ses nuits au bureau. Un soir, prise d'une étrange ivresse, elle éteint les néons, disperse ses vêtements et parcourt l'étage dans le plus simple appareil. Le lendemain matin, ses collègues la retrouve nue sous un tas d'ordures…

Bientôt, le mépris dans lequel Fubuki tient Amélie se transforme en véritable haine, lorsque le vice-président, souhaitant de toute évidence décharger sa rage sur la jeune Japonaise, l'insulte copieusement devant tous ses collègues, avec une violence telle que la scène s'apparente à un viol en public. De fait, alors que la victime se réfugie aux toilettes pour enfin libérer ses larmes, Amélie, voulant la réconforter, commet l'affront ultime. En effet, Fubuki ne s'est pas retirée par hasard : n'ayant pas craqué devant ses collègues, elle avait réussi à sauver la face. Elle vit alors l'arrivée d'Amélie aux toilettes comme la pire des humiliations.

LES TOILETTES DU 44ᵉ ÉTAGE

Pour se venger, Fubuki lui attribue une nouvelle fonction au sein de l'entreprise : la gestion des toilettes du 44e étage. Le contrat d'Amélie se termine dans sept mois. Plutôt que de démissionner, comme n'importe quel Occidental l'aurait très certainement fait, Amélie décide, dans une ultime tentative d'intégrer la société nippone, de garder la face et d'honorer son contrat jusqu'à la date fixée.

S'ensuit alors une période pour le moins paradoxale car cette affectation, prosaïque par excellence, est vécue par Amélie comme une libération : son esprit, loin de sombrer, procède à un véritable « retournement intérieur » (p. 127) qui lui permet de tourner en dérision cette épreuve et de vivre « la période la plus drôle de [son] existence » (*ibid.*).

Le déshonneur que Fubuki voulait lui infliger se retourne alors contre elle : cette relégation n'est pas du goût de tous les employés. Le président Haneda lui-même, sans pour autant remettre en question la décision d'un de ses subordonnés, signale son désaccord. M. Tenshi va plus loin, puisqu'il initie un mouvement de contestation : le boycott des toilettes du 44e étage.

Les commodités deviennent alors le théâtre d'une lutte politique entre ceux qui continuent de les utiliser et ceux qui préfèrent se soulager à un autre étage.

C'est dans cette ambiance qu'Amélie passe ses derniers mois dans l'entreprise. Alors qu'arrivent les derniers jours de travail, elle présente à chacun de ses supérieurs, comme l'usage le veut, sa volonté de ne pas renouveler son contrat. Voulant préserver les bonnes relations belgo-japonaises, Amélie prend sur elle l'entière responsabilité de cet échec. À son grand étonnement, aucun de ses supérieurs ne la contredit : Fubuki prend un malin plaisir à la rabaisser, M. Saito fait montre d'une certaine gêne, sans pour autant la dédire, tandis que M. Omochi enrage une dernière fois. Seul M. Haneda conteste ses propos, estimant avant tout qu'elle n'a « pas eu de chance » (p. 170).

Quelques jours plus tard, Amélie retourne en Belgique et se lance dans l'écriture d'*Hygiène de l'assassin*. Un an après sa publication, elle reçoit une lettre de Fubuki la félicitant, en japonais, pour la publication de son premier roman.

L'ŒUVRE EN CONTEXTE

Amélie Nothomb est une écrivaine belge contemporaine, deux apparentes évidences qui ne sont pour autant pas anodines. D'une part, si l'histoire de la littérature est jalonnée de mouvements littéraires, d'écoles et de philosophies qui, bien souvent, offrent à l'historien de la littérature des grilles de lectures lui permettant de catégoriser les grands auteurs du passé, il en est tout autrement pour la littérature contemporaine, qui présente avant tout une grande dispersion et complique toute volonté définitoire. Dès lors, l'œuvre d'Amélie Nothomb échappe-t-elle aux tentatives de catégorisation ? Peut-on la resituer dans l'histoire littéraire, et en particulier dans celle des genres ?

D'autre part, historiquement, la littérature belge francophone s'est distinguée sur bien des points de la littérature française et possède ainsi son histoire propre. Mais que peut-on dire du caractère belge d'Amélie Nothomb, elle qui publie depuis toujours dans une grande maison d'édition française, elle qui vit la plupart du temps à Paris, elle qui a passé la plus grande partie de son enfance et de sa formation à l'étranger ?

UNE ŒUVRE PROTÉIFORME AUX ACCENTS BIOGRAPHIQUES

Amélie Nothomb est une écrivaine de son temps. Se libérant des catégorisations traditionnelles de l'histoire littéraire, elle semble faire partie de ce vaste champ de la littérature dite « moyenne », qui s'épanouit aujourd'hui. À savoir, comme l'a définie Jacques Dubois (professeur émérite de littérature française moderne et de sociologie de la culture, né en 1933), une littérature qui s'approprie des techniques littéraires légitimées mais déjà éprouvées pour s'adresser à un public large et varié (DUBOIS (Jacques), *L'institution de la littérature*, Bruxelles, Éditions Labor, coll. « Espace nord », 2005).

Et si, à première vue, rien ne ressemble plus à un Nothomb qu'un autre Nothomb, l'auteur est en fait une véritable touche-à-tout. Bien sûr, le genre romanesque est le plus représenté dans sa production mais, dans ce genre vaste et protéiforme, il s'agit encore de distinguer chez elle les romans relevant de l'autobiographie – ou plutôt de l'autofiction –, comme *Métaphysique des tubes* ou *Stupeur et Tremblements*, de ceux relevant de la pure fiction, comme *Hygiène de l'assassin* ou *Mercure* (1998). Parmi ces derniers, on peut également trouver :

- un roman de science-fiction, *Péplum* (1996) ;
- un roman lorgnant vers le policier, *Le Crime du comte Neville* (2015) ;
- ou encore un roman épistolaire avec *Une forme de vie* (2010).

Amélie Nothomb s'est également essayée au théâtre avec *Les Combustibles* (1994) et à la chanson, puisqu'elle a composé plusieurs textes pour RoBERT (chanteuse française, née en 1964). Enfin, elle a signé plusieurs contes et nouvelles publiés dans différentes revues.

Son œuvre est donc vaste et diverse à l'image de notre époque, mêlant, sans plus de distinction, des genres qui étaient autrefois enfermés dans des catégories étanches.

Pour autant, nous l'avons dit, Amélie Nothomb puise bien souvent dans sa vie des éléments propres à enrichir son œuvre. C'est évidemment le cas des romans dits autobiographiques, dont fait partie *Stupeur et Tremblements*. Ce pan de l'œuvre nothombienne peut être rattaché à cette longue tradition que l'histoire littéraire fait généralement remonter aux Confessions (1782 et 1789) de Jean-Jacques Rousseau (philosophe et écrivain de langue française, 1712-1778), vaste œuvre posthume, publiée en deux volumes, qui inaugure en quelque sorte un genre dont le succès a crû au fil des siècles.

Au XIXe siècle, promouvant le lyrisme personnel et l'exaltation du moi, François-René de Chateaubriand (écrivain et homme politique français, 1768-1848) – et les auteurs romantiques après lui – s'en empare et produit ce qui reste encore aujourd'hui l'une des œuvres majeures du genre autobiographique : les *Mémoires d'outre-tombe* (12 volumes parus entre 1849 et 1850).

Mais c'est au XXe siècle que cette veine se répand véritablement. De nombreux auteurs reconnus rédigent alors leurs autobiographies, comme Nathalie Sarraute (écrivaine russe d'expression française, 1900-1999) avec Enfance (1983) ou Annie Ernaux (écrivaine et professeure de lettres françaises, née en 1940), qui en fait d'ailleurs sa spécialité. Puis c'est avec l'évolution du marché du loisir que le genre connaît un second souffle. Les célébrités, poussées par le système de vedettariat, multiplient les autobiographies, bien souvent à des fins promotionnelles. Enfin, la fin du siècle dernier voit apparaître une variante féconde du genre, connue sous le terme d'« autofiction ».

Ce néologisme, créé par Serge Doubrovsky (écrivain et critique littéraire français, 1928-2017), désigne des récits autobiographiques empruntant volontairement une partie de leur contenu et de leur forme à la fiction narrative. Le représentant contemporain le plus emblématique dans la littérature française est très certainement Christine Angot (romancière et dramaturge française, née en 1959) ; Amélie Nothomb, qui s'inscrit aussi dans cette tradition, s'est également approprié le genre.

UNE ŒUVRE FRANCOPHONE AVANT TOUT

Comme l'ont montré Benoît Denis et Jean-Marie Klinkenberg (linguiste et sémioticien belge, né en 1944), l'histoire de la littérature francophone de Belgique se caractérise par son rapport dialectique à la littérature française, s'y opposant tantôt, et se confondant tantôt avec elle (DENIS (Benoît) et KLINKENBERG (Jean-Marie), *La Littérature belge*, Bruxelles, Éditions Labor, coll. « Espace nord », 2005).

C'est pourtant un événement tout à fait belgo-belge qui relance, dans les années 1970, la question de l'identité de la culture francophone de Belgique et, plus particulièrement, de sa littérature. En effet, la fédéralisation du pays, si elle ne peut être imputée seulement au nord du pays, consacre dans les institutions une culture flamande, notamment au travers de la création des Communautés (flamande d'un côté, française de l'autre). Ces événements politiques ne sont pas sans effets sur les consciences des francophones de Wallonie et de Bruxelles, si bien que la question identitaire refait surface.

Le concept de « belgitude », forgé sur le modèle de la « négritude », par l'écrivain Pierre Mertens (né en 1939) et le sociologue Claude Javeau (né en 1940) en est le témoin le plus parlant, puisqu'il porte alors l'ambition de définir l'identité belge. Une identité en creux, principalement caractérisée par ce qu'elle n'est pas, ou plus : ni flamande ni française. Mais le concept, critiqué pour son caractère trop « bruxellois », ne fut guère fécond en littérature. Comme ne le fut pas davantage, d'ailleurs, le *Manifeste pour la culture wallonne*, réponse à cette belgitude bruxelloise, publié en 1983 et signé par 80 personnalités de Wallonie.

Aujourd'hui, et comme le signale Paul Aron (professeur à l'Université libre de Bruxelles et spécialiste de la littérature francophone de Belgique, né en 1956), « plus personne [...] ne se revendique d'une âme littéraire belge » ; au contraire les auteurs souhaitent « se fondre dans un grand univers littéraire francophone » (interview réalisée par Adrienne Nizet et Olivier Mouton dans *Le Soir*, 1 décembre 2010).

Ainsi, de nombreux écrivains belges contemporains entretiennent des rapports apaisés avec leur origine. Assumant sans honte ni sans ostentation particulière leur nationalité (bien qu'une certaine « vogue » belge ait pu pousser certains artistes, comme Amélie Nothomb d'ailleurs, à insister sur cet aspect au cours de ces dernières années), ils fréquentent les deux milieux indistinctement.

Pensons par exemple à Jean-Philippe Toussaint (écrivain belge, né en 1957), qui publie depuis plus de 30 ans aux Éditions de Minuit et qui, tout comme Amélie Nothomb, vit aujourd'hui à Paris. Pensons encore à Jacqueline Harpman (écrivaine et psychanalyste belge, 1929-2012) qui publia nombre de ses œuvres chez Stock et chez Grasset.

De fait, si de nombreux auteurs belges tentent de se faire publier dans les maisons d'éditions françaises, c'est moins pour renier leurs origines que pour profiter du rayonnement d'institutions prestigieuses et pour toucher un public plus large, en bénéficiant d'une diffusion sur l'ensemble du territoire français, aucunement comparable à celle qu'une maison d'édition belge pourrait réaliser.

Et quant à la dimension ironique, décalée que l'on associe souvent aux Belges, elle nous semble relever plus du folklore ou du positionnement marketing que d'un véritable trait distinctif...

UNE EXPÉRIENCE TRAUMATIQUE MAIS DÉCISIVE

Stupeur et Tremblements est le huitième roman publié par Amélie Nothomb. Ce chiffre n'induit *a priori* aucun caractère singulier ou exceptionnel. Exceptionnel, le roman l'est pourtant à deux égards. Premièrement, il est celui par lequel la notoriété de l'auteur a réellement explosé. Surtout, il relate un moment fondateur dans la vie d'Amélie Nothomb : celui où s'affirme sa vocation.

En effet, comme elle le raconte elle-même, à la fois dans ce roman mais également dans de nombreuses interviews, elle ne se destinait pas à la carrière d'écrivain. Après ses études de philologie romane, elle ne rêve que d'une chose : retourner dans son Japon adoré, y faire carrière, y vivre. C'est d'ailleurs ce qu'elle entreprend, puisqu'à 21 ans, diplôme en poche, elle part pour le Japon et se fait embaucher dans une grande multinationale japonaise. Et c'est finalement cette expérience d'un an, traumatique à bien des égards, qui la conduit à faire de son goût pour l'écriture (qui remonte, selon ses dires, à ses 17 ans) un métier à plein temps.

De fait, une fois son contrat arrivé à terme, et comme elle l'explique dans l'épilogue du roman, elle retourne définitivement en Europe, propose l'un de ses manuscrits, *Hygiène de l'assassin*, à différentes maisons d'édition et signe un contrat chez Albin Michel – qui publie aujourd'hui encore chacun de ses romans.

Et c'est seulement quelques années plus tard, en 1998, qu'elle estime avoir assez de recul émotionnel sur les événements pour les mettre en récit et écrire ce qui constitue sans doute encore aujourd'hui son plus grand succès critique et commercial.

Par ailleurs, si le Japon fait de très brèves incursions dans les premiers romans d'Amélie Nothomb (avec notamment une évocation nostalgique au début du *Sabotage amoureux*), c'est dans *Stupeur et Tremblements* que ce pays va pour la première fois tenir un rôle de premier plan, qu'il retrouvera alors ensuite dans plusieurs de ses publications.

Pourtant, l'image du pays que renvoie le roman, parce qu'il est le récit d'une expérience négative, est trouble, bien plus trouble que ce qu'en propose Amélie Nothomb dans ses œuvres suivantes. C'est que *Stupeur et Tremblements* est aussi un règlement de compte avec une expérience passée qui a très certainement marqué durablement l'auteur. Peut-être fallait-il dès lors en passer par là, combattre ses démons, pour ensuite aborder avec plus de quiétude et d'empathie un pays qui fascine l'écrivaine depuis sa prime enfance.

ANALYSE DES PERSONNAGES

AMÉLIE

Personnage principal et narratrice, Amélie est une jeune Belge ayant passé les premières années de sa vie au Japon. Elle garde d'ailleurs de cette expérience fondatrice une admiration sans bornes pour cette culture qui lui est à la fois intime et étrangère. Sa seule ambition est désormais de vivre au pays du Soleil-Levant et d'en devenir une citoyenne à part entière. C'est dans cette perspective qu'elle a appris « la langue tokyoïte des affaires » (p. 21) et passé de nombreux concours ; c'est enfin pour cela qu'elle intègre la compagnie Yumimoto.

Bien que le récit soit écrit à la première personne, et que ce narrateur-personnage nous informe régulièrement de ce qu'il pense et ressent, peu d'informations nous sont finalement données sur sa vie. Pourtant, comme le signale Amélie elle-même vers la fin du roman, elle avait « en dehors de la compagnie, une existence qui était loin d'être vide ou insignifiante » (p. 148).

Pourtant, cette brèche est vite refermée car ce qu'Amélie veut nous conter ici, c'est le récit d'une aliénation, le souvenir de la lutte qu'elle a entreprise pour ne pas sombrer sous le poids de l'indifférence, de la haine et de l'humiliation.

Ce combat, elle le mène avec des armes choisies soigneusement : l'humour (le rire est une forteresse dans laquelle elle se réfugie aux moments les plus critiques), l'inversion des valeurs (l'abject devient sublime, et les événements les plus banals sont lus à travers le prisme d'auteurs et d'œuvres d'art qui leur donne un caractère exceptionnel) et le refuge dans l'univers mental (intériorité et extériorité finissent par se confondre).

Mais cette rocambolesque expérience ne constitue pas seulement un échec. Elle est avant tout, pour Amélie, une période de transition : parce que si elle mène à la déconstruction de ses rêves d'enfant et de ses illusions sur ce pays qui lui était finalement largement inconnu, elle précède aussi la construction de sa véritable identité. C'est en effet suite à cette aventure qu'Amélie décide de rentrer en Belgique et de se lancer dans l'écriture afin de s'accomplir en tant qu'auteure.

FUBUKI MORI

Fubuki Mori, à la fois sublime et détestable, est une Japonaise âgée de 29 ans. Supérieure hiérarchique directe d'Amélie, elle occupe un poste de cadre chez Yumimoto. Son statut est tout à fait exceptionnel dans ce Japon où la femme est bien souvent écartée des postes à responsabilité. Et si elle occupe cette place, ce n'est pas sans en avoir payé le prix – ses premières années dans l'entreprise ont semble-t-il été plus qu'éprouvantes.

De plus, malgré sa très grande beauté, Fubuki est célibataire. Une situation presque intenable pour une Nipponne chez qui le cap des 25 ans correspond à une sorte de « date de péremption » (p. 90). Fubuki est absolument soumise aux traditions de son pays, qu'elle porte comme un corset trop étroit.

Assidue et carriériste, elle ne peut supporter les multiples impairs professionnels d'Amélie, vécus comme des injures, puisque sa propre vie semble entièrement contenue dans son travail.

C'est d'ailleurs surtout à travers sa relation avec Amélie que ce personnage se révèle dans toute sa complexité : sous les masques de la beauté et de l'amitié, se cache un ennemi redoutable et fier. Il y a d'ailleurs dans la fascination qu'Amélie éprouve pour sa tortionnaire tout au long du roman une forme évidente de syndrome de Stockholm (empathie d'une victime – un otage – pour son geôlier).

Par ailleurs, si l'opposition entre les deux femmes incarne encore le choc entre l'Occident et l'Orient, ce que symbolise surtout Fubuki Mori, c'est le rapport parfaitement ambivalent qu'entretient Amélie avec le Japon. Comme elle le dira elle-même, ses souvenirs d'enfance sont si forts que même l'évidente horreur de son quotidien ne peut affaiblir sa fidélité à des valeurs auxquelles elle ne croit pourtant plus. L'idéalisation absolue de son Japon natal, figuré ici par la beauté indicible de Fubuki, et l'expérience professionnelle traumatique, largement due au comportement de cette même Fubuki, se heurtent sans pour autant s'affaiblir mutuellement. Fubuki n'est « ni diable ni Dieu » (p. 86), mais simplement « japonaise » (*ibid.*)…

MONSIEUR SAITO

Dans la hiérarchie très figée de l'entreprise japonaise, M. Saito occupe un rang supérieur à celui de Fubuki Mori. Il est directeur de la section de comptabilité générale. S'il apparaît d'abord comme le grand tortionnaire d'Amélie, il se révèle progressivement davantage comme une victime passive du système japonais. C'est d'ailleurs ce système et son absurdité qu'il incarne.

C'est lui qui ordonne à Amélie d'effectuer les tâches les plus vides de sens : l'écriture d'une lettre à un ami américain, qu'il déchire et lui fait refaire toute une matinée, la réalisation, toujours insatisfaisante et à refaire, d'une photocopie parfaite des milliers de pages qui constituent le règlement de son club de golf, etc. C'est lui, encore, qui l'oblige à oublier ses connaissances en japonais, après qu'Amélie a indisposé des collaborateurs externes en montrant sa maîtrise de la langue nipponne. Toutes ces missions abêtissantes n'ont qu'un but : soumettre Amélie au fonctionnement de l'entreprise japonaise, dans laquelle la tâche semble importer moins que la stricte obéissance aux ordres du supérieur.

Car M. Saito est avant tout un être faible, physiquement comme psychologiquement. Petit et malingre, il supporte difficilement la relégation d'Amélie au rang de madame pipi, mais n'osera jamais exprimer son point de vue. De même, lorsqu'Amélie lui présente sa démission, il se révèle étonnamment fragile et mal à l'aise, si bien que la jeune femme se sent obligée de le réconforter, alors que c'est elle qui subit les pires humiliations.

MONSIEUR TENSHI

Du même rang hiérarchique que M. Saito, M. Tenshi est quant à lui directeur de la section des produits laitiers. Comme Amélie le signale, « Tenshi signifie "ange" » (p. 37). Ce nom n'est naturellement pas choisi au hasard car, dans la triade de personnages que constituent messieurs Tenshi, Haneda et Omochi, chacun renvoie d'une certaine façon au domaine religieux : si M. Tenshi est un ange, M. Haneda est Dieu, tandis que M. Omochi incarne le diable. Mais M. Tenshi semble surtout représenter la face positive d'une pièce dont l'autre versant, négatif, serait représenté par Fubuki.

En effet, en dépit de son patronyme, il est la personne qui s'apparente le plus à un être humain aux yeux d'Amélie. Pas totalement aliéné par le système de l'entreprise japonaise dans laquelle il évolue, il semble non seulement garder son libre-arbitre, mais il est également le seul à voir en Amélie l'employée compétente qu'elle peut être. C'est lui qui lui offre sa chance en lui proposant de réaliser un rapport sur le beurre allégé. C'est également lui qui initie le mouvement de contestation menant au boycott des toilettes, lorsqu'Amélie y est reléguée. Ce comportement ne passe évidemment pas inaperçu : Amélie l'admire, le porte aux nues, ce qui n'a rien d'incongru pour un « ange gardien » (p. 43), comme elle se plaît à le désigner.

Mais si ses différentes actions sont bienveillantes et permettent à Amélie de sentir qu'elle compte, M. Tenshi est aussi indirectement à l'origine des plus grands malheurs qui s'abattent sur elle par l'entremise du bras vengeur de Fubuki. Dans cette entreprise, aucune forme de rédemption n'est possible et, plus que jamais, le mieux est l'ennemi du bien…

MONSIEUR OMOCHI

Vice-président de l'entreprise, M. Omochi y fait régner la terreur. Associé à la figure du diable par Amélie, l'homme se distingue à la fois par sa disgrâce physique et sa laideur morale. Retranché dans son bureau, il fait peser sur l'ensemble des employés une crainte mêlée d'effroi, car sa colère peut s'abattre à tout moment et de manière parfaitement arbitraire. Fubuki en fera les frais, tout comme Amélie. Souvent simplement désigné par son volume, qui le distingue des autres employés (caractérisés par leur minceur commune), il est surnommé « l'obèse » (p. 19).

Ses rages hyperboliques le relèguent au rang de bête : les injures dont il couvre ses employés ne relèvent même plus du langage articulé, mais s'apparentent à des « hurlements insensés », à des « cris odieux » (*ibid*.). Et même dans les rares moments où il parle et ne hurle pas, il ressemble encore à un animal répugnant. Lorsqu'il accueille par exemple la jeune Belge dans son bureau pour entendre sa démission, il articule son nom la bouche pleine d'un aliment « pâteux, collant » (p. 163) qu'elle n'arrive même pas à identifier. En définitive, tout chez ce personnage est abject, repoussant ; il ne se manifeste qu'au travers d'émotions primaires et extrêmes, s'égosillant de colère ou de rire.

MONSIEUR HANEDA

Tout au contraire de son vice-président, M. Haneda est l'incarnation de la bonté. Président de l'entreprise, il ne se manifeste qu'à trois reprises dans le roman et de manière tout à fait fugace. Figure divine, inaccessible, chacune de ses apparitions est pour Amélie un pur moment de ravissement. L'homme d'une cinquantaine d'année a « un corps mince » et un « visage d'une élégance exceptionnelle » (p. 85). Si M. Omochi, par ses attitudes bestiales, s'arrache à l'humanité, M. Haneda, par son admirable perfection, semble quant à lui relever du surnaturel. Amélie ne manque d'ailleurs pas de faire remarquer sa stupéfaction, lorsqu'elle le croise aux toilettes – comme s'il devait être libéré de toutes les contraintes physiques et triviales qui pèsent sur les êtres vivants.

C'est enfin le seul supérieur d'Amélie qui reconnaît ses qualités, lorsqu'elle se rend « dans son bureau immense et lumineux » (p. 170) pour lui remettre sa démission. M. Haneda est en somme l'incarnation de la vision idéale et idéalisée qu'Amélie a du Japon. Rien d'étonnant à ce qu'elle le surnomme « Dieu »...

ANALYSE DES THÉMATIQUES

L'ILLUSION BIOGRAPHIQUE

L'œuvre d'Amélie Nothomb contient une série de textes qui relèvent de la littérature personnelle. Si l'on en croit ce qu'en dit l'auteure elle-même, elle y raconte en effet certains épisodes de sa vie et s'attache à les rendre avec le plus grand souci de véridicité (voir ci-dessus <u>La vie d'Amélie Nothomb</u>). Ces textes relèveraient donc *a priori* de l'autobiographie, c'est-à-dire du « récit rétrospectif en prose qu'une personne réelle fait de sa propre existence, lorsqu'elle met l'accent sur sa vie individuelle, en particulier sur l'histoire de sa personnalité » (LEJEUNE (Philippe), *Le Pacte autobiographique*, Paris, Seuil, coll. « Poétique », 1975, p. 14).

Pourtant, lorsque l'on s'arrête sur certains détails ou éléments factuels, le doute s'installe. Et si Amélie ne disait pas toute la vérité ? Nous souhaiterions ouvrir ici les pistes d'une réflexion, d'un questionnement : les romans autobiographiques d'Amélie Nothomb relèvent-ils de l'autobiographie pure, ou de la fiction autobiographique – de l'autofiction, pour utiliser un terme plus moderne ?

La différence entre les deux genres a été longuement discutée et nous ne reviendrons pas sur ce débat. Prenons plutôt pour acquis deux traits définitoires – un qui les unit, un qui les distingue.

- L'autobiographie et l'autofiction établissent tous deux un rapport d'identité entre l'auteur, le narrateur et le personnage de l'histoire représenté par le « je » narratif.
- Néanmoins, les deux genres se distinguent par leur rapport à la réalité. L'autobiographie joue le jeu de ce que Philippe Lejeune a appelé « le pacte autobiographique » (*ibid.*, p 13), à savoir l'accord, tacite ou non, passé avec le lecteur, qui consiste à se montrer tel que l'on est, à raconter sa vie dans un esprit de vérité. Et c'est ce pacte, en somme, que l'autofiction ne signe pas : celle-ci s'inspire de faits réels, mais peut les mâtiner d'éléments fictionnels et les passer au moulinet des techniques romanesques (exagération, resserrement des faits, etc.).

Pour comprendre de quel genre relève *Stupeur et Tremblements*, il est alors nécessaire de s'arrêter à la fois sur le roman et sur des indices extratextuels. Henri Delange a montré dans son analyse (DELANGE (Henri), « Autobiographie ou autofiction chez Amélie Nothomb ? », in *Çédille*, n° 10, avril 2014, p. 129-141) que, malgré quelques singularités, le roman d'Amélie Nothomb présente bien les caractéristiques de l'autobiographie.

- Les temps sont au passé – récit rétrospectif –, et plusieurs réflexions générales prouvent l'écart entre le temps de la narration et le temps des événements narrés : « Ces pages pourraient donner à croire que je n'avais aucune vie en dehors de Yumimoto. Ce n'est pas exact [...]. J'ai cependant décidé de n'en pas parler ici. » (p. 148)
- Le récit est narré en « je ». La narratrice est Amélie, cette jeune fille qui a travaillé pour une grande entreprise japonaise. Il y a donc bien un rapport d'identité entre la narratrice et le personnage principal. Ce personnage-narrateur se confond également avec l'auteure, puisque la fin du roman nous apprend qu'après son expérience chez Yumimoto, Amélie est retour-

née en Belgique et s'est lancée dans l'écriture d'*Hygiène de l'assassin*, nom du premier roman effectivement publié par Amélie Nothomb en 1992.

- En outre, le roman met véritablement en scène l'« histoire d'une personnalité », puisqu'il se concentre sur un épisode présenté comme fondateur dans la vie d'Amélie. Son expérience dans cette entreprise japonaise marque en effet le point de rupture entre la vocation première de l'auteure, née des souvenirs de son enfance japonaise, et le début de sa carrière de romancière.

Néanmoins, aucune introduction, aucun appendice, aucune note de l'auteure ni de l'éditeur ne vient attester la véracité des propos et, de plus, le texte est bien désigné par le terme « roman » – comme on peut le lire sur la couverture du livre. Dès lors, qu'en est-il du « pacte autobiographique » ?

Si l'on s'attache aux discours tenus par l'auteure, on remarque assez rapidement qu'elle fait preuve d'une subtile ambiguïté, tout à fait amusante pour qui s'intéresse au personnage et à son œuvre. Ainsi, Amélie avoue parfois travestir la réalité. Par exemple, sur le plateau de l'émission *Thé ou Café*, diffusée le 3 septembre 2016, Catherine Ceylac (journaliste française, née en 1954) aborde la question du mensonge : Amélie Nothomb affirme alors qu'il lui arrive de mentir, en précisant encore que c'est avant tout pour se protéger et protéger ses proches. Et lorsque la présentatrice lui demande si elle a menti durant l'émission, l'auteure répond, non sans user de l'humour qui la caractérise si bien : « particulièrement peu ».

Dès lors, entretenant volontairement le doute autour de ses romans, elle étend aussi le caractère autofictionnel de ses récits personnels à l'histoire de son personnage public. Elle utilise les médias afin de rendre floues les frontières qui séparent sa vie et son œuvre, son personnage médiatique et les personnages de ses romans. Et en étendant l'esthétique de son œuvre à elle-même, elle réalise cette volonté nietzschéenne (de Friedrich Nietzsche, 1844-1900), philosophe allemand que l'auteure admire, d'envisager le monde comme un terrain de jeu et de faire de sa vie une œuvre d'art.

MOI, L'AUTRE, L'INTERCULTURALITÉ

Toute œuvre intéressante contient plusieurs niveaux de lecture qui ne se superposent pas, mais s'additionnent. Il est indéniable que l'on puisse lire *Stupeur et Tremblements* comme une critique, parfois très sévère, du Japon des années 1990 (voir <u>La réception de Stupeur et Tremblements</u>).

Néanmoins, le roman d'Amélie Nothomb a une portée plus large : ce qu'il questionne, c'est l'altérité, le rapport à l'autre et à sa culture. Le roman peut alors être lu comme le récit d'un échec du dialogue interculturel. Il n'est pas question ici de savoir qui d'Amélie ou de Fubuki a raison ou tort, mais de montrer que les diversités culturelles doivent être envisagées comme telles, c'est-à-dire comme des manières distinctes de voir les choses, ni meilleures, ni pires, simplement différentes.

Raconté à la première personne, le roman nous donne avant tout à voir le point de vue de la narratrice. Mais le récit est au passé, et l'histoire est racontée par une Amélie-narratrice ayant, sur les événements, le recul critique que lui donnent les années. Ce recul permet de montrer au lecteur que l'Amélie-personnage, par son ignorance des usages et des coutumes japonaises, multiplie les erreurs et reste, tout au long du roman, dans une forme d'incompréhension presque totale de l'autre.

Ainsi, elle ne comprend pas pourquoi M. Saito lui demande de réécrire inlassablement la même lettre. Elle ne comprend pas pourquoi Fubuki la dénonce au vice-président ni pourquoi celui-ci explose de rage, lorsqu'elle prend la défense de M. Tenshi dans le dossier du beurre allégé. Nous pourrions encore multiplier les exemples, mais ce que ceux-ci révèlent, c'est avant tout que, pour les employés japonais, le comportement d'Amélie est également parfaitement inadapté et incompréhensible. L'ignorance est donc mutuelle : chacun est étranger à l'autre.

Pourtant, dans un premier temps, chaque partie tente à plusieurs reprises, avec plus ou moins de bonne volonté, de comprendre l'autre. Mais l'écart est trop grand, et les tentatives de communication finissent toujours en un véritable dialogue de sourd. Fubuki questionne ainsi plusieurs fois Amélie sur son incapacité à gérer les tâches comptables qui lui sont confiées. S'il y a un indéniable mépris dans les propos de la Japonaise, il y a aussi une réelle volonté de comprendre un comportement qui lui paraît parfaitement improbable.

La distance qui sépare les deux personnages est cependant telle que les réponses d'Amélie ne peuvent la satisfaire. Ainsi, lorsque Amélie lui affirme que certaines personnes sont incapables d'effectuer des tâches trop répétitives car leur cerveau n'est pas suffisamment stimulé, elle pense apporter une réelle réponse au questionnement de Fubuki. Mais celle-ci rejette sa proposition, affirmant catégoriquement qu'« au Japon, ce genre de personne n'existe pas » (p. 64).

L'une des rares scènes (en apparence) apaisée entre Amélie et Fubuki est celle où la jeune Belge donne sa démission. Là, chacune écoute l'autre et répond de manière calme. Mais il s'agit seulement d'une supercherie : Amélie ne fait que dire ce que veut entendre Fubuki, et Fubuki prolonge le dialogue en feignant l'innocence dans le seul but de l'humilier un peu plus.

Si l'incompréhension qui s'installe entre Fubuki et Amélie est la plus manifeste, elle est loin d'être isolée. Tous les personnages japonais du roman, en ce compris le sympathique M. Tenshi, restent plus d'une fois pantois face au comportement de la jeune Belge. Bien souvent, les pires punitions qui sont infligées à cette dernière ne relèvent pas de la cruauté gratuite, mais sont le résultat d'un comportement jugé totalement inacceptable aux yeux des Japonais. L'épisode le plus éclairant est probablement celui du rapport sur le beurre allégé, car il est également celui qui est vécu comme le plus injuste par Amélie. Il est vrai que la dénonciation d'Amélie et de M. Tenshi par Fubuki relève en partie de la jalousie que la jeune Japonaise peut ressentir face à la promotion soudaine – et jugée injuste – de sa nouvelle collègue.

Quoi qu'il en soit, la jalousie n'explique pas tout : si Amélie et M. Tenshi n'avaient pas enfreint plusieurs règles fondamentales de l'entreprise japonaise, cette dénonciation n'aurait pas eu lieu d'être. M. Omochi, aussi sadique soit-il, reproche en effet aux coupables des faits bien précis : l'initiative est considérée comme abusive et, plus grave encore, la rédaction du rapport est une tâche qui aurait dû revenir à un autre employé, alors en vacances. En somme, Amélie a volé le travail d'une autre personne, ce qui, au Japon, est présenté comme un véritable affront (elle commet d'ailleurs la même erreur, peu avant, lorsqu'elle s'attribue la tâche de la distribution du courrier).

La pertinence de ces reproches est d'ailleurs soulignée par l'attitude qu'adopte M. Tenshi : son absence de réaction devant les injures de M. Omochi illustre la soumission traditionnelle des employés japonais face à leurs supérieurs. Amélie, en voulant prendre la défense de son collègue, ne choque pas seulement M. Omochi mais également M. Tenshi, qui lui lance un « regard effaré » (p. 43). D'ailleurs, tandis qu'Amélie et lui se sont retirés dans une pièce à part, et contrairement à elle, il ne critique pas l'attitude de Fubuki ni ne remet en question les reproches formulés par M. Omochi. Lui sait qu'ils sont en tort et s'excuse simplement auprès d'Amélie de l'avoir entraînée dans cette expédition périlleuse.

Au contraire, certains comportements d'Amélie qui, pour un Occidental, paraîtraient tout à fait inappropriés ne sont pas jugés comme tels par les Japonais. L'épisode au cours duquel Amélie, ayant passé la nuit dans les bureaux de la compagnie pour terminer ses tâches comptables, semble perdre pied, se dénude et finit par s'endormir non sans s'être d'abord recouverte d'ordures, en est un parfait exemple.

Réveillée par Fubuki, la jeune Belge file dans les toilettes pour se rendre à nouveau présentable. Lorsqu'elle en revient, les traces de ses extravagances nocturnes ont déjà été nettoyées, et les employés du bureau entament leur journée comme si de rien n'était. Il ne sera plus jamais question de cet épisode. La narratrice fait alors justement remarquer que dans d'autres pays, elle aurait pu être « mise à la porte » (p. 83) pour un tel comportement.

En somme, *Stupeur et Tremblements* n'est donc pas qu'une charge contre l'absurdité de l'entreprise et de la société japonaise, mais également un récit sur l'extrême complexité du dialogue interculturel et du rapport à l'autre.

ENFERMEMENT, ALIÉNATION, FRONTIÈRE ET ÉCHAPPATOIRE

Cette incompréhension mutuelle qui caractérise les rapports entre Amélie et les employés japonais n'est pas sans conséquences. Amélie en fait la douloureuse expérience. Le 44e étage de l'entreprise Yumimoto relève en effet pour la jeune fille de l'univers carcéral. Le terme n'est pas choisi au hasard, car la prison renvoie principalement à deux aspects :

- elle est en premier lieu un espace fermé, clôturé et duquel, en principe, on ne peut s'échapper ;
- c'est également un espace où l'on est mis à l'écart de la société, le temps de payer symboliquement pour la faute que l'on a commise.

Au terme de cette « punition », le condamné réintègre le corps social. Or, ces deux caractéristiques nous semblent s'appliquer à l'expérience japonaise d'Amélie.

De fait, l'entreprise Yumimoto est un univers clos : toute l'action se déroule dans le cadre – au sens de ce qui circonscrit, délimite – de ce 44e étage. Au fil du récit, l'espace où Amélie évolue ne cesse de se réduire. Alors qu'au début du récit, elle circule librement dans tout l'étage (apportant le café, distribuant le courrier, gérant les calendriers, etc.), dans la seconde partie du roman, elle se trouve cantonnée aux seules toilettes. Et cet espace carcéral ne semble contenir aucune échappatoire, car Amélie refuse catégoriquement de démissionner.

Dans un passage du roman souvent commenté, et qui est probablement à l'origine de l'écriture de *Ni d'Ève ni d'Adam*, la narratrice signale qu'elle avait une vie en dehors de ses heures de bureau, des amis, des personnes qui l'aimaient. Mais le lecteur n'en saura rien, car ici, affirme Amélie, « rien n'existe en dehors des commodités du quarante-quatrième étage. Tout est ici et maintenant » (p. 150).

En outre, comme dans l'univers carcéral, le sentiment d'exclusion s'ajoute à celui de l'enfermement. Amélie, au gré des mises à l'écart successives qu'elle subit de la part de ses supérieurs, éprouve le rejet de la société japonaise tout entière. Celui-ci est annoncé dès les premières lignes du roman, mais il prend au fil des pages une dimension de plus en plus effroyable.

Au-delà des tâches inutiles qui lui sont confiées, Amélie voit son humanité progressivement niée.

- Elle est privée de parole dès lors que M. Saito lui ordonne d'arrêter de parler le japonais.
- Elle est privée ensuite d'intelligence lorsque, face à ses échecs répétés dans les tâches comptables, elle est considérée comme une « véritable handicapée mentale » (p. 70).
- Sa présence même finit par être niée à plusieurs reprises. C'est le cas, par exemple, lorsque les employés de l'entreprise critiquent vertement, devant elle, l'odeur de cadavre que dégageraient les Occidentaux. Car s'ils se permettent de tels propos, ce n'est pas parce qu'ils la considèrent comme une Japonaise mais bien, dit-elle, « parce que je ne comptais pas » (p. 105).
- Enfin, vers la fin du roman, elle est littéralement traitée comme un chien à qui l'on mettrait le museau dans ses excréments pour lui apprendre la propreté. Alors qu'Amélie est dans les toilettes pour dames, M. Omochi, dans une fureur sans pareille, vient l'attraper par le bras et la traîne de force dans les toilettes pour hommes, afin qu'elle constate de ses propres

yeux que le rouleau de papier toilette, vide, doit être changé.

Il y a donc au sein du récit une véritable escalade de la violence – symbolique et physique –, symptomatique du rejet que subit Amélie. En d'autres termes, elle qui rêvait de devenir nipponne se voit opposer une fin de non-recevoir, et il n'est dès lors pas étonnant qu'à la fin de son contrat, elle quitte le Japon pour retourner en Belgique. Son intégration est ratée, son rejet est définitif.

Pour autant, il ne faut pas croire qu'Amélie se laisse totalement faire. Face à cette condition carcérale, particulièrement propice à l'aliénation, elle développe des stratégies de résistance qui prennent la forme de l'humour (voir <u>Style et écriture</u>), mais également de la fuite dans le rêve et dans l'imaginaire. La perspective de cette fuite est représentée dans le roman par une frontière entre l'enfermement et la liberté, une frontière immédiatement symbolisée par la figure de la fenêtre :

> « Le 8 janvier 1990, l'ascenseur me cracha au dernier étage de l'immeuble Yumimoto. La fenêtre, au bout du hall, m'aspira comme l'eût fait le

Annonçant les événements futurs, le premier
élément qu'Amélie remarque en arrivant dans
l'entreprise est donc cette ouverture par laquelle
elle est comme happée, irrémédiablement at-
tirée par cet élément qui constituera plus tard
la seule porte de sortie – sortie mentale, mais
sortie tout de même – de son enfer carcéral.

Mais cette échappatoire a ses limites : la fenêtre
ne permet pas l'évasion effective d'Amélie ; elle
ne constitue qu'un seuil infranchissable, une
ouverture toujours là pour rappeler à la jeune
femme qu'il existe un au-delà, mais que celui-ci
lui est inaccessible.

Comme le prisonnier qui, dans le carré de ciel
bleu perçant le mur épais de sa geôle, se rêve en
oiseau, Amélie invente une issue mentale à son
enfermement : c'est ce qu'elle appelle se « jeter
dans la vue » (p. 27). Et lorsque sa condition lui
devient à ce point insupportable qu'elle se met
à douter de l'existence même d'un monde en dehors des commodités du 44e étage, elle s'élance

mentalement dans la ville. Au terme de cette expérience douloureuse, elle affirme d'ailleurs paradoxalement que ce qui l'a sauvée, « c'est la défenestration » (p. 150).

STYLE ET ÉCRITURE

LE DÉCALAGE HUMORISTIQUE

« Plus je parle de sujets graves, plus j'en parle légèrement », affirme Amélie Nothomb (citée dans AMANIEUX (Laureline), *Amélie Nothomb, l'éternelle affamée*, p. 283). De fait, ce qui caractérise probablement le mieux le style d'Amélie Nothomb, c'est ce décalage entre les situations souvent étouffantes, les histoires régulièrement tragiques, les nombreux personnages sadiques qui peuplent ses œuvres et le style décalé, ironique et humoristique qu'elle y emploie pour les décrire. Le lecteur est toujours un peu décontenancé devant l'un de ses romans, tant ils abordent des sujets graves sur un ton léger, parfois badin.

Stupeur et Tremblements en est un parfait exemple, car sans le style d'Amélie Nothomb, que resterait-il de cette histoire, si ce n'est le récit de la longue descente aux enfers d'une jeune fille dans un milieu qui lui est tout à fait étranger et incompréhensible. Il y a, dans ce roman, quelque-chose de kafkaïen (de Franz Kafka, écrivain tchèque, 1883-1924), d'angoissant, d'absurde et, pourtant, on y rit beaucoup. C'est qu'Amélie, dans cet univers hostile qui l'oppresse, entre en résistance et que, pour ce faire, elle choisit son arme avec soin : le décalage humoristique.

On distingue généralement deux grands types d'humour :

- le registre comique, qui vise avant tout l'amusement, le rire ;
- le registre satirique, qui porte en lui une dimension moqueuse, dénonciatrice, et vise à tourner en ridicule.

Il y a des deux dans ce roman, et il s'agit de les distinguer. L'humour de *Stupeur et Tremblements* a été étudié par Cécile Narjoux (NARJOUX (Cécile), *Étude sur* Stupeur et Tremblements, Paris, Ellipses, coll. « Résonances », 2004), qui en souligne les différentes formes. Le comique passe d'abord par le mélange des registres de langue. L'auteur se plaît en effet à désigner à plusieurs reprises les éléments les plus triviaux dans un registre de langue soutenu, marquant ainsi un décalage comique entre la situation et le moment de l'énonciation : c'est avec un regard amusé qu'Amélie observe et décrit rétrospectivement ses mésaventures japonaises.

Cela est parfaitement visible dans le passage où Fubuki Mori explique les nouvelles attributions d'Amélie dans les toilettes. Relatant le moment où Fubuki lui montre comment utiliser « la brosse à chiottes » (p. 121), Amélie Nothomb écrit : « Déjà, je n'aurais pu imaginer qu'il me serait donné de voir cette déesse tenir un tel instrument. À plus forte raison pour le désigner comme mon nouveau sceptre. » (*ibid.*) La transformation, à quelques lignes d'intervalle, de la brosse à chiottes en sceptre illustre ici à merveille ce mélange des registres.

Mais le comique se caractérise essentiellement par le recours aux figures de l'exagération et de l'euphémisme. Si celles-ci ont un fonctionnement exactement opposé, leur effet est cependant identique : c'est la mise à distance des événements. Amélie, face aux comportements jugés injustes de ses supérieurs, adopte alternativement un discours d'exagération ou de minimisation, ce qui, dans les deux cas, lui permet de se préserver.

Le premier cas est illustré lors de l'épisode du beurre allégé. Alors que M. Omochi décharge sa colère sur M. Tenshi et Amélie, cette dernière, devant l'injustice de la situation et la violence des paroles de son supérieur, commente : « Pour que ces cris odieux s'arrêtent, j'aurais été capable du pire – d'envahir la Mandchourie, de persécuter des milliers de Chinois, de me suicider au nom de l'Empereur, de jeter mon avion sur un cuirassé américain, peut-être même de travailler pour deux compagnies Yumimoto. » (p. 42)

Certes, le moment ne doit pas être agréable, mais la réaction imaginée par Amélie dépasse toute mesure. En associant sa situation aux épisodes les plus noirs de l'histoire contemporaine du Japon, elle utilise naturellement le registre comique de l'exagération. La chute est d'autant plus savoureuse qu'en induisant une gradation dans son énumération, elle semble considérer que le travail chez Yumimoto est encore pire que toutes les situations qu'elle vient d'énoncer.

À l'extrême opposé, l'euphémisme et l'antiphrase sont deux autres recours comiques que l'on retrouve souvent dans le roman. L'antiphrase apparaît, par exemple, lorsqu'Amélie désigne sous le terme de « promotion » (p. 129) son assignation au nettoyage des commodités. L'euphémisme apparaît quant à lui, par exemple, lorsque M. Tenshi se rend pour la première fois aux toilettes depuis qu'Amélie y a été consignée. Choqué d'apprendre son sort, il s'en va « sans avoir effectué aucune des fonctions prévues pour cet endroit » (p. 132).

Enfin, nous l'avons dit, le comique se distingue de la satire, qui est également présente dans *Stupeur et Tremblements*. En effet, au-delà de la simple volonté de faire rire, il y a indéniablement dans le roman une critique de l'absurdité du fonctionnement de la société japonaise. Comme l'a signalé Cécile Narjoux, cette satire est toutefois ambiguë, car Amélie ne rejette pas en bloc le Japon : elle garde jusqu'au bout un regard tendre sur ce pays qu'elle admire et sur certains membres de l'entreprise qui ont fait preuve d'humanité et de bienveillance envers elle.

À l'égard du Japon, Amélie exprime donc à la fois son rejet et ses regrets. Un double regard indissociable. C'est pour cela que l'on ne peut qualifier *Stupeur et Tremblements* de véritable satire, comme on pourrait le faire de nombreux textes de Voltaire (écrivain et philosophe français, 1694-1778), par exemple. Il faut plutôt parler ici de traits satiriques, parfois relevés d'une certaine pointe d'ironie.

Le dialogue entre Fubuki et Amélie, lors de la démission de cette dernière, en offre un parfait exemple. Amélie survalorise tout au long de cette entrevue son expérience chez Yumimoto, qu'elle présente comme « un honneur » (p. 156), quoiqu'elle n'ait pas su être à la hauteur et qu'elle ait accumulé les fautes. Elle affirme ainsi être emplie de gratitude envers cette entreprise qui lui a permis de se rendre compte de ses propres limites intellectuelles, et d'identifier son véritable « handicap » (p. 158).

L'ART DU DIALOGUE

Le passage que nous venons de citer révèle également la grande maîtrise de l'auteur dans l'art du dialogue. Amélie Nothomb est en effet une dialoguiste hors pair, et il n'est dès lors pas étonnant que les conversations prennent une part importante dans ses romans. Les dialogues sont, chez Nothomb, particulièrement incisifs ; les répliques sont toujours percutantes, si bien que ses personnages semblent toujours avoir le bon mot, ne jamais rater une occasion de faire de l'esprit.

Ainsi, dans *Stupeur et Tremblements*, Amélie n'est pas la seule à maîtriser l'art de la conversation. Les autres personnages, Fubuki en tête, ne sont pas en reste. Par exemple, alors qu'Amélie est en train d'admirer la chevelure de sa supérieure, celle-ci surprend son regard et l'interpelle :

> « – Pourquoi me regardez-vous comme ça ?
> – Je pensais qu'en japonais, "cheveux" et "Dieu" se disent de la même façon.
> – "Papier" aussi, ne l'oubliez pas. Retournez à votre paperasse. » (p. 74-75)

Au-delà de la répartie cinglante, ce passage révèle un autre aspect des dialogues de *Stupeur et Tremblements*. Ceux-là sont rarement apaisés et relèvent plus souvent de la dispute que de la discussion, chaque interlocuteur campant sur ses positions.

Un autre exemple nous est fourni au début du roman, lorsqu'Amélie indispose les partenaires nippons de Yumimoto en s'adressant à eux dans un japonais parfait. M. Saito lui ordonne alors d'oublier la langue japonaise. Amélie lui rétorque qu'elle a été engagée pour cela. Rien n'y fait. Les ordres sont les ordres et les contestations d'Amélie ne font que raviver la colère de son supérieur, estimant qu'« il y a toujours moyen d'obéir » (p. 20).

Les dialogues, nous le constatons ici, sont souvent révélateur de la situation d'incommunicabilité qui s'instaure entre Amélie et ses supérieurs japonais. Ils ne sont en fait que la mise en paroles de leurs indissolubles différences, le relais de leurs rapports hiérarchiques et conflictuels.

C'est aussi le statut des dialogues dans l'entreprise japonaise qu'Amélie ne semble pas comprendre. Et beaucoup de ses impairs résultent avant tout d'un manque de respect des protocoles très codifiés qui régissent les prises de paroles.

Dans cette entreprise où chaque employé connaît sa place et son rôle, celles-ci sont avant tout là pour remettre les choses à leur place lorsqu'apparaît un dysfonctionnement. Les paroles sont alors raréfiées à l'extrême et, largement déployées dans le cadre des rapports hiérarchiques, leur caractère est essentiellement fonctionnel, exprimant aussi le plus souvent les reproches ou la colère.

Chez Yumimoto, il est inconcevable qu'un subordonné réponde à une réprimande ou questionne un ordre. Deux transgressions qu'Amélie, par son ignorance, commet. Au début du roman, alors que M. Saito lui demande de rédiger une lettre adressée à un certain Adam Johnson, Amélie demande qui est cette personne. M. Saito ne répond même pas à la jeune fille et se contente de soupirer « avec exaspération » (p. 10).

STRUCTURE EN MIROIR ET CONSTRUCTION TRAGIQUE

Le roman s'ouvre sur la présentation du système hiérarchique qui régit l'entreprise : « Monsieur Haneda était le supérieur de monsieur Omochi, qui était le supérieur de monsieur Saito, qui était le supérieur de mademoiselle Mori, qui était ma supérieure. Et moi, je n'étais la supérieure de personne. » (p. 7) L'incipit installe donc directement le lecteur dans l'univers de l'entreprise. Hors du temps et de l'espace, le récit se place d'emblée sous le signe de l'enfermement ; surtout, il situe Amélie au bas de l'échelle sociale.

À la fin du roman, lorsque Amélie présente sa démission à l'ensemble de ses supérieurs, elle doit remonter en sens inverse cette hiérarchie : partant de Fubuki pour conclure auprès de M. Haneda, elle gravit les échelons et, symboliquement, refait surface. C'est ainsi la fin de sa claustration, de sa descente aux enfers.

Car, au centre de cette construction en miroir, c'est évidemment la progressive disgrâce sociale d'Amélie, qui structure le roman. Elle le rappelle d'ailleurs elle-même, dans ce passage bien connu où elle passe en revue son irrésistible chute :

> « Récapitulons. Petite, je voulais devenir Dieu. Très vite, je compris que c'était trop demander et je mis un peu d'eau bénite dans mon vin de messe : je serais Jésus. [...]. Adulte, je me résolus à être moins mégalomane et à travailler comme interprète dans une société japonaise. Hélas, c'était trop bien pour moi et je dus descendre un échelon pour devenir comptable. Mais il n'y avait pas de frein à ma foudroyante chute sociale. Je fus donc mutée au poste de rien du

> tout. Malheureusement […] c'était encore trop bien pour moi. Et ce fut alors que je reçus mon affectation ultime : nettoyeuse de chiottes. » (p. 122-123)

Au-delà de cette structure évidente, et comme l'a très bien montré Jean-Michel Lou, le texte emprunte à la tragédie classique un respect presque complet de la règle des trois unités, « expression stylistique de la fatalité » (LOU (Jean-Michel), *Le Japon d'Amélie Nothomb*, Paris, L'Harmattan, 2011, p. 27).

- L'action se résume à la volonté d'Amélie de rester jusqu'au terme de son contrat. Tous les événements de l'histoire participent à cette action – ou cette non-action –, puisqu'ils justifient l'obstination d'Amélie à lutter jusqu'au dénouement que constitue le terme de son contrat. L'unité d'action est en cela également respectée.
- L'action se déroule ainsi exclusivement à l'intérieur du 44e étage de l'entreprise Yumimoto. L'unité de lieu est donc respectée.
- L'unité de temps, quant à elle, est légèrement adaptée : de la seule journée canonique de la tragédie classique, on passe ici à une seule

année. Cet écart est compensé par l'intransigeance dans l'application de la règle. Le contrat d'Amélie dure un an, pas un jour de plus ni de moins. Au terme de cette année, elle quitte Yumimoto et n'y revient jamais. L'effet tragique est tout de même préservé et participe largement à la diffusion d'un sentiment d'inéluctabilité, qui transparaît tout au long du roman.

LA RÉCEPTION DE *STUPEUR ET TREMBLEMENTS*

DES ACCUEILS CRITIQUE ET PUBLIC ENTHOUSIASTES

Comme nous l'avons rapidement évoqué plus haut, *Stupeur et Tremblements* est le roman par lequel Amélie Nothomb est entrée dans le cercle restreint des (très) gros vendeurs, ceux que l'on appelle, dans le milieu de l'édition, les « locomotives », capables à eux seuls d'engranger des bénéfices tels qu'ils permettent d'éditer des dizaines d'autres ouvrages d'auteurs ne bénéficiant pas des mêmes retombées.

Mais, vendu à ce jour à plusieurs centaines de milliers d'exemplaires, sans que l'on puisse donner des chiffres plus précis, *Stupeur et Tremblements* n'est pas qu'un succès commercial : il est probablement également le roman d'Amélie Nothomb qui a été le plus salué par la critique.

- Jacques-Pierre Amette (écrivain et critique littéraire français, né en 1943) souligne, dans *Le Point*, le « ton voltairien, léger, incorruptible, sans cesse mobile » du roman et n'hésite pas à le qualifier de « *miracle* » (AMETTE (Jean-Jacques), « Les bonheurs d'Amélie », in *lepoint.fr*, 23 janvier 2007).
- Jean-François Josselin (écrivain et journaliste français, 1939-2003) souligne quant à lui l'humour de l'auteur, « si drôle ! » et prescrit le roman en tant que véritable « remède à la mélancolie », concluant encore sur ses mots : « On vous aime comme vous êtes, comme vous écrivez, Amélie ! » (JOSSELIN (Jean-François), « Nothomb est bon ! », in *bibliobs.nouvelobs.com*, 5 novembre 2007).

En outre, et même s'il n'est pas le prix littéraire le plus médiatisé ni le plus attendu par les écrivains, le Grand Prix du roman de l'Académie française, décerné au roman de l'auteur belge, a ceci d'original qu'il est remis par l'institution littéraire française la plus prestigieuse, qui bénéficie d'un capital symbolique extrêmement important.

Être reconnu par l'Académie française, c'est en quelque sorte recevoir la caution du monde littéraire français le plus respectable.

UN ROMAN NIPPOPHOBE

Pourtant, face à cette quasi-unanimité des critiques, quelques voix se sont levées pour dénoncer la vision caricaturale que le roman offre du Japon. Les plus cléments parlent d'une image « négative » (LOU (Jean-Michel), *Le Japon d'Amélie Nothomb*, p. 49) tandis que les plus durs décrivent « un texte presque raciste » (REYNS-CHIKUMA (Chris), « Néo-Orientalisme ? Qui tremble et qui est stupéfié dans *Stupeur et Tremblements* d'Amélie Nothomb ? », in *Literary Research/Recherche littéraire*, vol. 20, n° 39-40, 2003, p. 193). Le long passage où la narratrice dépeint un tableau d'une noirceur absolue de la condition de la femme japonaise en est un bon exemple.

Victime d'une oppression constante basée sur des « dogmes incongrus » (p. 88), celle-ci n'aurait pour toute échappatoire que le suicide ou le mariage. Cette vision extrêmement critique de la société japonaise est jugée par certains comme fausse, du moins largement exagérée. De même, tous les personnages du roman, en ce compris le sympathique M. Tenshi, tiennent des propos xénophobes à l'égard des Occidentaux, créant, comme l'a souligné Jean-Michel Lou, une atmosphère raciste. Quoi qu'il en soit, ce que les uns et les autres critiquent, ce sont les raccourcis parfois hasardeux, il est vrai, que la narratrice opère dans son roman, ainsi que la généralisation, jugée abusive, de sa situation personnelle à l'ensemble du Japon.

Mettre en scène des personnages racistes dans une fiction littéraire est un exercice pour le moins délicat. Il est encore plus malaisé si l'ouvrage prétend refléter la réalité d'une expérience vécue. Et c'est évidemment sur le caractère autobiographique de l'ouvrage que se fondent ces reproches, en particulier sur le constat du rapport d'identité entre la narratrice et l'auteure elle-même.

De fait, ces critiques voient dans le roman un personnage-narrateur qui évoque une expérience malheureuse dans une entreprise japonaise et qui, avec le recul que lui a donné les années, juge, parfois durement et sans les nuances nécessaires, dans une forme de vengeance, cette société qui l'a rejeté. Et c'est ainsi la nippophobie de l'auteure elle-même qu'ils pensent déceler sous le récit rétrospectif du protagoniste.

Or, comme nous l'avons dit, le roman relève à nos yeux de l'autofiction, ou de la fiction autobiographique. Une étiquette qui dédouanerait largement Amélie Nothomb des propos tenus dans le récit, puisque l'autofiction permet justement de mêler indistinctement paroles d'auteur et paroles de personnage, faits réels et imaginaires.

Toutefois, l'ambiguïté demeure, car cette dimension fictionnelle des romans autobiographiques d'Amélie Nothomb n'est jamais réellement reconnue par l'auteure qui, au contraire, souligne même la plupart du temps l'absolue véridicité de leur contenu… Il nous semble inutile de trancher ici la question : si le roman permet cette lecture, affirmons tout de même que l'auteure ne peut en aucun cas être qualifiée de nippophobe, tant son amour du Japon transparaît dans toute son œuvre, y compris dans *Stupeur et Tremblements*.

UNE ADAPTATION CINÉMATOGRAPHIQUE

Au regard du succès public et de l'étendue de l'œuvre nothombienne, on pourrait s'attendre à trouver de nombreuses adaptations cinématographiques de ses ouvrages. Il n'en est rien. Sur les 24 romans de l'auteure, seuls trois ont été adaptés. *Stupeur et Tremblements* en fait partie.

Cette adaptation éponyme, réalisée par Alain Corneau (réalisateur français, 1943-2010), est sortie en 2003 avec, dans le rôle d'Amélie, Sylvie Testud (actrice française, née en 1971). Le film est dans l'ensemble extrêmement fidèle au roman. Il suit chronologiquement les événements de ce dernier et présente une voix off, assurée par Sylvie Testud elle-même, qui correspond à la figure de l'Amélie-narratrice. Des passages entiers du texte sont d'ailleurs repris à l'identique, ainsi que la quasi-totalité des dialogues. Le réalisateur s'efface donc indéniablement derrière l'œuvre de la romancière belge, et la plupart des analyses que l'on peut faire du roman se prêtent également au film.

Néanmoins, le réalisateur a repéré et développé avec intelligence certains éléments du roman au potentiel cinématographique évident. C'est le cas, par exemple, des défenestrations mentales d'Amélie, qui offrent dans le film une scène onirique au cours de laquelle le personnage survole la ville de Tokyo.

Par ailleurs, le lecteur du roman sait que l'obstination d'Amélie à supporter les humiliations vient en grande partie de ses souvenirs d'enfance et de la vision du Japon qu'elle en garde. Un souvenir idéalisé que le réalisateur a voulu symboliser à travers les scènes, inconnues du roman, du jardin japonais recouvert de gravier blanc, dans lequel Amélie se rend à plusieurs reprises. Cette idée est renforcée par un passage, également absent du roman, où l'on retrouve Fubuki dans le jardin. Cette association représente alors la vision ambivalente qu'a Amélie de sa supérieure : Fubuki incarne, comme nous l'avons signalé plus haut, cette vision contrastée du Japon, à la fois d'une beauté sublime et d'une implacable cruauté.

Soulignons enfin le travail de Sylvie Testud. Il est difficile d'incarner le personnage d'Amélie tant celui-ci est associé à l'image de l'auteure.

Pourtant, l'air mutin de l'actrice et son jeu à la fois distant et ironique collent à merveille au personnage. La performance est d'autant plus appréciable que le film a été tourné entièrement en japonais. Sylvie Testud, ne connaissant pas la langue, a étudié les milliers de phrases du script par cœur. Une performance impressionnante, consacrée par l'attribution d'un César de la meilleure actrice, en 2004.

Votre avis nous intéresse !
Laissez un commentaire sur le site de votre librairie en ligne
et partagez vos coups de cœur sur les réseaux sociaux !

BIBLIOGRAPHIE

SOURCES BIBLIOGRAPHIQUES

- AMANIEUX (Laureline), *Amélie Nothomb, l'éternelle affamée*, Paris, Albin Michel, 2005.

- AMETTE (Jean-Jacques), « Les bonheurs d'Amélie », in *lepoint.fr*, 23 janvier 2007, consulté le 9 octobre 2017. http://www.lepoint.fr/actualites-litterature/2007-01-23/les-bonheurs-d-amelie/1038/0/72415

- DE DECKER (Jacques), *La Brosse à relire. Littérature belge d'aujourd'hui*, Hannut, Éditions Luce Wilquin, 1999.

- DENIS (Benoît) et KLINKENBERG (Jean-Marie), *La Littérature belge. Précis d'histoire sociale*, Bruxelles, Éditions Labor, coll. « Espace nord », 2005.

- DELANGE (Henri), « Autobiographie ou autofiction chez Amélie Nothomb ? », in *Çédille*, n°10, avril 2014, p. 129-141.

- DUBOIS (Jacques), *L'Institution de la littérature*, Bruxelles, Éditions Labor, coll. « Espace nord », 2005.

- JOSSELIN (Jean-François), « Nothomb est bon ! », in *bibliobs.nouvelobs.com*, 5 novembre 2007, consulté le 9 octobre2017. http://bibliobs.nouvelobs.com/

romans/20071105.BIB0376/nothomb-est-bon.html

- LEJEUNE (Philippe), *Le Pacte autobiographique*, Paris, Seuil, coll. « Poétique », 1975.

- LOU (Jean-Michel), *Le Japon d'Amélie Nothomb*, Paris, L'Harmattan, 2011.

- NARJOUX (Cécile), *Étude sur* Stupeur et Tremblements, Paris, Ellipses, coll. « Résonances », 2004.

- NOTHOMB (Amélie), *Biographie de la faim*, Paris, Albin Michel, 2004.

- NOTHOMB (Amélie), *Le Sabotage amoureux*, Paris, Albin Michel, coll. « Le Livre de Poche », 1993.

- NOTHOMB (Amélie), *Métaphysique des tubes*, Paris, Albin Michel, 2000.

- NOTHOMB (Amélie), *Stupeur et Tremblements*, Paris, Albin Michel, 1999.

- NOTHOMB (Amélie), *Stupeur et Tremblements*, Paris, Éditions Magnard, 2007.

- REYNS-CHIKUMA (Chris), « Néo-Orientalisme ? Qui tremble et qui est stupéfié dans *Stupeur et Tremblements* d'Amélie Nothomb ? », in *Literary Research/Recherche littéraire*, vol. 20, n° 39-40, 2003, p. 192-210.

- VANTROYEN (Jean-Claude), « Pourquoi l'Académie a eu raison de recevoir Amélie Nothomb », in *lesoir.be*, 18 décembre 2015, consulté le 10 octobre 2017. http://plus.lesoir.be/18236/

article/2015-12-18/pourquoi-lacademie-eu-rai-son-de-recevoir-amelie-nothomb

- ZUMCKIR (Michel), *Amélie Nothomb de A à Z*, Bruxelles, Le Grand Miroir, 2007.

SOURCES COMPLÉMENTAIRES

- AMANIEUX (Laureline), *Le Récit siamois. Identité et personnages dans l'œuvre d'Amélie Nothomb*, Paris, Albin Michel, 2009.

- DAVID (Michel), *Amélie Nothomb. Le symptôme graphomane*, Paris, L'Harmattan, 2006.

- RAVET (David), « *Stupeur et Tremblements* d'Amélie Nothomb, un voyage infernal dans une entreprise japonaise », in *Astrolabe*, n° 5, septembre 2006, consulté le 5 avril 2017. http://www.crlv.org/astrolabe/septembre-2006/stupeur-et-tremble-ments-dam%C3%A9lie-nothomb

- SAUNIER (Émilie), « Les "Traces" littéraires d'une appropriation singulière de l'héritage familial : le cas d'Amélie Nothomb », in *Textyles*, n° 39, 2010, p. 183-195.

ADAPTATION

- *Stupeur et Tremblements*, film d'Alain Corneau, avec Sylvie Testud et Kaori Tsuji, France, 2003.

ICONOGRAPHIE

- Amélie Nothomb durant une séance de dédicace lors de l'édition 2010 de la Foire du Livre de Bruxelles. © M0tty

Éditeur responsable : Lemaitre Publishing
Avenue de la Couronne 159 | BE-1050 Bruxelles
info@lemaitre-editions.com

ISBN ebook : 978-2-8080-0604-0
ISBN papier : 978-2-8080-0605-7
Dépôt légal : D/2017/12603/842
Couverture : © Lisiane Detaille.

Conception numérique : Primento,
le partenaire numérique des éditeurs.